eu me amo mesmo?

eu me amo mesmo?

histórias sobre virar você

Andressa Gonçalves

ns | São Paulo, 2020

PREPARAÇÃO: Nestor Turano
DIAGRAMAÇÃO: Jacob Paes
REVISÃO: Larissa Caldin
CAPA: Equipe Novo Século

AQUISIÇÕES
Cleber Vasconcelos

Texto de acordo com as normas do Novo Acordo Ortográfico da Língua Portuguesa (1990), em vigor desde 1º de janeiro de 2009.

Dados Internacionais de Catalogação na Publicação (CIP) (Angélica Ilacqua CRB-8/7057)

Gonçalves, Andressa
Eu me amo mesmo? : histórias sobre virar você / Andressa Gonçalves. -- Barueri, SP : Novo Século Editora, 2020.

1. Poesia brasileira I. Título

20-1069 CDD B869.1

Índice para catálogo sistemático:
1. Poesia brasileira B869.1

uma marca do
grupo novo século

Alameda Araguaia, 2190 – Bloco A – 11º andar – Conjunto 1111
CEP 06455-000 – Alphaville Industrial, Barueri – SP – Brasil
Tel.: (11) 3699-7107 | Fax: (11) 3699-7323
www.gruponovoseculo.com.br | atendimento@novoseculo.com.br

Para a minha mãe e meu pai,

que sempre me deixaram ser quem

eu quisesse.

Este livro não é sobre as pessoas que me inspiraram a escrever,

mas, sim, sobre quem me tornei vivenciando o amor.

apresentação

Caro leitor,

Esta é uma história sobre virar você mesmo, se descobrir, se encontrar e, como resultado, viver. É preciso ter coragem para amar, principalmente, a si próprio. Enfrentar todas as mudanças é a parte mais difícil, porém é, ainda, a melhor. Até que eu encontrasse a minha melhor versão, demorou um pouco; precisei amadurecer muito e viver alguns amores para me entender.

A garota que nunca cortaria o cabelo ou que nunca acharia a felicidade sem estar com alguém teve de ficar para trás, porque ela se perdeu em um mundo de amores e paixões, não via a si mesma. Se deixou levar por pessoas que não deveria, até acordar um dia e não se reconhecer mais.

É aqui que permito que veja o melhor e o pior de mim, tudo o que aprendi durante anos e, claro, minha história por meio de poesia. Acredito que um livro é capaz de mudar a vida de alguém, assim como a literatura mudou a minha vida. Foi graças ao dom que recebi dos meus pais — o da escrita — que me encontrei. As palavras são a parte nua e crua da minha alma, então, caro leitor, esta é parte da minha história e de como eu aprendi a me amar.

parte I

efêmero

O sentir é particular, eu me encanto cada vez mais pela simplicidade e pelo o que é de verdade. A beleza do real está nos detalhes e não precisa ser contada para ninguém. Os amantes são confidentes, as palavras de amor são trocadas como segredos, só o coração precisa saber.

O amor é o ficar mais sincero, não por costume, mas por vontade. É saber que diante de momentos difíceis não há outra pessoa que gostaria de estar. E, mesmo diante de inveja, olho gordo e maldade das pessoas, o que realmente importa é o olhar sincero que tem cor de primavera.

Escrever é colocar os sentimentos mais profundos em palavras, que são minhas únicas companhias.

O antigo não abre novas portas. Apenas ensina.

Quero alguém que acalme meu caos

Seja fogo enquanto eu for tempestade

Seja meu refúgio quando eu estiver explodindo

Ficar sozinha é bom

Ter um momento de intimidade

Entre mim e meus sentimentos

Mas a solidão acompanhada

É o pior pesadelo de quem ama.

Como uma semente

Eu me plantei no amor-próprio

Cuidei de mim

Floresci

Virei poesia

Com ajuda da poesia eu me reconstruí toda vez que
desmoronei para caber no seu mundo, nas suas
regras, no seu jogo.

Tivemos nosso tempo, nossa chance. Somos pessoas novas, reinventadas. Hoje eu tenho tatuagens e um cabelo curto. Para me apaixonar de novo por você, eu teria que te reconhecer, saber se você ainda toma chá gelado de pêssego.

Fiz a melhor viagem da minha vida.
Viajei para dentro de mim
e conheci o amor-próprio

Quero beijos, quero andar de mãos dadas e me sentir segura. Quero ligações sem motivo, quero abraço apertado, quero porto seguro. Quero risadas e café na tarde de domingo, quero cara de sono e idas ao mercado. Quero tomar vinho sexta à noite e o disco de vinil dos Beatles tocando. Quero o amor na forma mais simples e que seja intenso. E quero tudo isso com você.

O presente mais bonito é espontâneo.
É planejado com a inocência do coração
e com o impulso da paixão.

Eu esperei para que você me desse motivos para ficar.

O que a fazia bonita não era o corpo,
os olhos ou o cabelo,
era a alma.
E só alguém com o coração livre
poderia ver essa beleza.

Eu sempre procurei viver uma grande história de amor, daquelas avassaladoras que tiram o ar. Quando esse amor chega, não é fácil. Apesar de ter vários outros capítulos na minha vida, ninguém foi como você.

Eu não preciso de você, não te quero de volta.
Porque, pior do que superar você, seria eu me
apaixonar de novo e saber que você partiria meu
coração em um piscar de olhos.

Nunca vamos saber quando será a última vez; aproveite os pequenos momentos. Naquela tarde que passamos juntos, vendo séries, foi quando percebi que não há nada neste mundo que eu queira mais do que estar com você.

Copiar é para quem não tem personalidade para

criar seu próprio brilho.

Sou feita de reciprocidade

Te ofereço meu melhor

Não posso retribuir vazios.

A pessoa que te valoriza nunca vai te colocar em

situações em que pode te perder.

Eu me apaixonei por você, pelo jeito que você me deixou encantada sem precisar me tocar vulgarmente. Você tocou minha mente.

O "para sempre" acaba quando você para de se importar. Enquanto eu tiver voz, eu ainda quero.

Meu silêncio será o fim.

Eu posso te dar uma segunda chance, mas nunca perdoarei os mesmos erros. Segundas chances são feitas para se usar quando eu errar o restaurante que vamos jantar e, assim, você vai dizer "quer uma outra chance?".

Quando você dorme, você sonha comigo?

Os devaneios em que estamos juntos são exclusivos meus?

Eu vivo sozinha na epifania de te ter.

Eu quero amar o cara certo, quero amar aquela pessoa que faça eu me sentir em um filme clichê de romance. Quero alguém que perceba meus pequenos detalhes. O cara certo, talvez, seja você.

Obrigada a todos os outros capítulos da minha vida, a todos que coloquei como protagonistas da minha própria história. Vocês me ensinaram o que não é o amor.

Começar a amar alguém novo é engraçado. Há pouco tempo você tirou alguém desse lugar de "amor certo, pessoa certa" e está colocando alguém lá novamente. Recomeçando.

Para mim, você é amor eterno

Lembrança para uma vida inteira

Para você, eu sou romance de verão

Brisa leve e passageira

Efêmero.

Beleza sem profundidade é apenas decoração.

Beleza atrai o olhar, mas personalidade cativa o coração.

Algumas pessoas vão admirar a tua sinceridade

Outras jamais vão entender a tua profundidade.

Maturidade é entender que tudo tem seu momento. Saber quando ir, mas também quando ficar. Saber o momento de deixar muita coisa para trás, por mais que doa. Saber que não pertence àquele lugar ou que aquele amor não é para você, e que só nos resta sonhar.

É fácil dar flores para alguém, a parte difícil é achar
alguém que nos faça florescer por dentro e por
inteiro. E que todos os espinhos de antes se tornem
rosas, gérberas ou girassóis.

Alguém, talvez um dia,

Vá me amar de verdade

Alguém, talvez,

Vai ver meu lado real

Vai adorar meu gosto por livros

Talvez ouvir Beatles comigo,

Alguém, talvez um dia,

Veja além da minha fortaleza

Vai saber que eu amo batom vermelho

Alguém, talvez um dia,

Vai ser mais do que eu mereço

E eu espero que seja você.

Estou te avisando, não se apaixone por mim...

Vou te levar aos museus

E te dizer o que a arte faz com meu coração

Não se apaixone por mim...

Eu vou querer ir ao cinema

E ver filmes preto e branco em casa

Não queira estar comigo

Eu sou apaixonada por música e vou sentar no chão

Para ouvir todos os discos dos Beatles

Não me queira...

Eu amo o simples e amo rir de piadas sem graça

Vou passar horas nas livrarias

Te falar dos meus livros favoritos

Por isso, não se apaixone por mim

Estou te avisando

Hoje em dia

ninguém quer mergulhar de cabeça

nos oceanos profundos

Estou me erguendo
Ao invés de abaixar a cabeça
Curando meu coração e me amando
Desenrolando todas as cordas
Que prendiam minhas asas
Me conhecendo cada vez mais
Sem me perder em mais ninguém
Depois de várias metamorfoses
Aprendendo a voar
Depois de tantos anos
Livre como borboleta

Noite fria

Entre árvores e espinhos

Fugindo de lobos e caçadores

Para chegar em você

Eu posso esperar qualquer tempo

Nada mais me impede

De dizer que te quero

Eu sigo tuas pistas

Como sigo as regras do teu jogo

Com você, é xeque-mate

Já fui atiradora

Mesmo com vários *snipers*

Sou teu alvo

Isso é um jogo cruel

Preciso descumprir regras

Essa é minha cartada final

Serei teu xeque-mate.

Se liberta

Não pensa muito

Vive o agora

Vai lá e faz o que quiser

Deixa o coração

Falar por si

Desamarra os nós-cegos

E viva...

Sou como fogos de artifício

Que explodem

Brilham

Queimam

Reluzem

Intensos e barulhentos

Sou eu quem queima

Tudo que está por perto

Quero me sentir segura

Me sentir em terra firme

Eu sou tsunami

Que ao encontrar um porto

Se acalma.

Buracos na parede.

Entre suas idas e vindas

Diversos buracos se abriram em mim

Como uma parede cheia de quadros.

Cheguei a um ponto

Em que não precisa de motivo ou martelo

Para que você coloque outro quadro.

Prometemos tudo e nada
Bebo um cosmopolitan no bar
E não adianta!
Porque eu não posso ter você
Não posso fingir que estou bem
Quando não estou
O que poderia ser nosso
É seu e dela
A única coisa que dividimos
Foi uma noite de luzes.
Você disse que era encontro de almas
E não acaso de meras esquinas
Mas se tudo acaba assim
Por que ainda escrevo sobre nós?
Eu pulo de cabeça
No oceano profundo azul
Me afogando nas poesias que não te falei...

Com você, eu só tenho segundas intenções.

Eu gostei de você em segredo

À primeira vista

Olhares trocados em uma sala lotada.

Seu nome ecoa na minha cabeça, essa esperança é verdadeira ou é um carro em alta velocidade em um beco sem saída? Nada é seguro agora.

No meio dessa sala vazia, portas fechadas. Limite atingido, então coloque a sua boca perto da minha, porque sabemos que aqui não podemos nos beijar.

Fica um pouco...

Talvez para um café

Ou para o resto da vida?

O que fazer agora?

Se todas as músicas que escuto, eu me lembro de você.

Você me abraçou

e reconstruiu todos meus pedacinhos.

Tu és lar,

és casa

e eu quero morar na sua.

Vem,

Fica para o jantar.

Quem sabe vamos tomar café da manhã na padaria

Me diga seu endereço

Quero te ver.

Sei que você não acredita em magia, mas esse negócio que acontece com a gente quando nos olhamos só pode ser coisa de outro mundo.

Será que ainda é amor? Saudade? Nostalgia? Você sempre soube me tocar. Esse amor surgiu de volta dos mortos.

Às vezes,

o nosso melhor

mora em alguém que ainda vai chegar.

Quero alguém que me dê a sensação de que esperei
ele chegar a vida inteira, que tire toda minha
armadura e muralhas feitas a partir de amores
vazios.

Talvez um dia eu volte a acreditar nos contos de fadas, volte a gostar de flores, volte a querer jantares românticos e borboletas no estômago. Quem sabe você fique comigo, e seja você quem vá despertar o melhor de mim.

Eu percebi que quero um amor simples, não precisa de flores ou presentes caros, mas alguém que se faça presente. Estar presente não significa somente estar ali. Tem que se fazer presente. Com toque, olhares, risadas, conexão.

Construí em volta de mim um forte, não me emociono mais com filmes, músicas, coisas românticas. Alguém me colocou nesse castelo e tirou o sentido de tudo.

Você tem que ver o jeito que você me olha.

O clássico romance não acabou,

acabou para mim.

Esteja com alguém que faça você sentir

o pôr do sol.

Aqui estamos nós, tentando fingir que não há nada além dessa relação formal. Queremos a sensação do proibido com gosto do real.

Por trás de todas essas barreiras estamos eu e você.
Esticando os braços para que as pontas dos nossos
dedos se toquem.

Estar com você é me perder no proibido. Você arriscaria tudo, seria corajoso assim? Se você pular, eu pulo? Seria assim, Jack e Rose?

Sentimento só entende quem sente.

Eu sou uma aventura do tipo que pode te mostrar coisas incríveis. Mas nunca do tipo como viagem com data marcada para voltar. Não sou de aventuras com fins programados.

É estranho ver alguém se encolhendo para entrar na caixinha do outro. Se espremendo na estante, se encolhendo para gostar de algo que nunca lhe fez parte de verdade. Se moldando para, de alguma forma, fazer funcionar.

A gente deixou claro que não ia passar disso, que não iríamos nos apaixonar. Era para ser uma noite, virou café da tarde. Ficou por uma semana ou duas e agora você tenta me chamar por algum nome carinhoso e eu deixo, porque já não é mais qualquer aventura. É para a vida toda.

Você pode me dar tudo, menos o que eu preciso.

Então, eu sentei sozinha na sala, tomei um vinho *rosé*. Percebi que não precisava de mais nada além de mim mesma.

Ele é como uma curva na estrada e eu estou
dirigindo um Porsche sem freio em alta velocidade.
É fim declarado.

Você me atingiu como um tiro à queima-roupa no coração.

Todo mundo vê que temos assuntos não definidos.
Sei que em algum momento você pode partir meu
coração. Mesmo assim, ainda te quero, nossos
corações estão amarrados. Você está preso na minha
mente e eu não consigo te tirar daqui. É errado, mas
faria de novo, milhões de vezes.

Você é meu clássico francês. É aquele livro de edição especial na livraria. É pré-estreia de filme, é ingresso esgotado de show de rock. É a música que eu não paro de ouvir. Esses limites me assombram, é tudo muito delicado.

Você é a rua que eu sempre volto, mesmo quando me
perco nesta cidade. Eu fico encantada com o fato de
como tudo aqui grita seu nome.

O difícil não é ir embora mas, sim, sofrer sabendo que é melhor seguir em frente e, ainda assim, ficar.

Não consigo ser como essas garotas que são como drinks prontos – sou aquele uísque raro, vinho de reserva especial. Não sou limitada a romance cafona, a buquê de flores. Sou do romance profundo, das conversas em cafés. É quando alguém conhece meus mais loucos segredos e planos, saber dos meus medos, erros e ainda assim me admirar. Intimidade.

Sou feita de sentimentos e emoções

Sem todo meu drama, não seria quem sou

Sou feita de intensidade

E não de vazios como você.

Engraçado como algumas paixões começam
como se tivéssemos caindo no sono e têm fins
como chama ardente. Mudam tão rápido que me
questiono se foi mesmo uma paixão.

Nos atraímos como ímãs, um amor proibido cada vez mais difícil de resistir. Adoro observar como passa a mão na sua barba, como usa camisetas de banda e é eletrizante ver teus olhos brilhando falando do teus filmes. Adoro como você conhece tudo e me dá dicas em enigmas. Continuarei esperando que você me note.

Aposto que a essa hora você ainda está acordado
como eu, deitado com ela, conversando sobre o
seu dia ou aquele filme no cinema. Mesmo que
ela não vá se importar tanto, você permanece aí.
Camas separadas, corações emprestados e mãos
amarradas.

Estou cansada de me encontrar perdida, tomando decisões e todos dizendo que estão erradas. Sendo questionada pelas minhas ideias, ser questionada por tudo que eu fizer. Estou cansada, seria mais fácil conseguir tudo se parassem de me diminuir por ser mulher.

Mulher,

Você não está sozinha.

Tu és obra de arte

Desistir de lutar,

Não te tornas perdedora

Te fazes mais forte.

Não importa o tamanho do caos, saiba que você não está sozinho. Terão pessoas no caminho que vão tentar levar crédito em cima das coisas que você faz ou não vão valorizar seus talentos. Mas tudo que você precisa fazer é focar em você e no seu potencial, não deixe que essas pessoas te coloquem para baixo. Um dia, quando chegar exatamente onde sonhou, vai perceber que foi você e todo o seu talento. Não irá existir melhor sensação no mundo.

Dentro dos meus devaneios você é meu sonho mais real. Porque sonhos são feitos de desejos proibidos.

Mudar faz parte da vida e a maturidade está em encarar bem essas mudanças. Eu olho agora, vejo o quanto eu cresci. Me orgulho da mulher que me tornei.

Se isto é um jogo, eu quero burlar todas as regras.

Depois de um tempo a paixão se transforma em amor, e o amor, em companheirismo.

Você me assombra como um fantasma. E eu sempre esperando você aparecer do nada, implorando para que eu fuja com você.

Sei que você está no bar,

deixa a timidez em casa,

me fala o que você quer

Posso ser teu sonho

Teu terremoto juvenil

Por uma noite.

Já me senti sozinha, mas nunca tão sozinha como eu

me sinto com você.

Meia-noite

Você com o olhar de Clint Eastwood

Tira minha armadura

Despindo minha alma

Eu me perco em você.

Suas mãos na minha cintura, beijando meu pescoço,
não posso mais me controlar, o proibido é realmente
bem melhor. Isso é tão errado, mas é muito bom.
Pegue na minha mão e não solte nunca mais.

E quando eu tento te esquecer, você me liga às duas da madrugada. "Você gosta de mim?" Como poderia não gostar de você? Apenas diga as palavras que eu largo tudo para te ver.

Eu sou um museu com obras incríveis, e ele estava
olhando para o celular.

Prefiro uma solidão inteira do que uma meia companhia, acompanhada de meios sorrisos.

Eu deveria saber que você era como um canhão,
sabia que você era problema assim que entrou
naquela sala.

Mulher

Forte, segura e independente

Só é louca

Aos olhos de homens inseguros.

Eu mudei, me reinventei muito para achar a melhor versão de mim e talvez exista alguém capaz de enxergar a minha verdade.

Não se culpe por tomar decisões que estão certas para você, o seu próprio bem-estar tem que estar acima de tudo. Se permitir sofrer não é uma opção.

São nesses momentos que eu vejo que você é tudo

que eu não quero.

Eu digo que não te quero

Mas e se eu quiser?

Pularia dos trens

Iria com você até em casa...

Não tem um disco de vinil nessa sua coleção capaz de explicar o que acontece com a gente quando nos olhamos.

Estamos sempre nos mesmos lugares

Entre bares e livrarias

Me leve para estar com você

É tão fácil procurar teu rosto na multidão

Se juntar todos os versos que já escrevi sobre você,
enche esse livro inteiro.

Tem um momento em que já perdoamos tanto que qualquer esforço para um novo perdão é atirar em si mesmo.

Dizem por aí que só podemos desistir de certos
amores quando o lado ruim é maior que o lado bom,
porém se é preciso colocar tudo em uma balança,
talvez seu lugar não seja mais ali.

Lutei demais e mesmo assim perdi a batalha.
Colocaria minha armadura no chão
se você me prometesse que seria diferente.

Sou resultado dos cafés que tomei, das viagens que fiz, dos livros que li e, principalmente, dos amores que não tive. Foram nesses amores que me senti mais só, eu me perdi e não existe mapa que leve à antiga eu.

A dor é quase tão inconstante quanto você.

Uma mulher que aprende a se amar percebe que não
aceitará nenhum amor menor que o amor-próprio.

O acaso é mestre da paixão

Estamos entre desencontros

Esse seu amor livre

Desperta meu desejo

E minhas loucuras

O único relacionamento que importa é

com você mesma.

No momento errado da vida, a pessoa certa se torna errada.

Não se envergonhe do seu passado; aprenda com ele, transforme tudo em aprendizado, porque essas escolhas te levaram aonde você está agora.

Tire o peso da sua vida de não estar em um relacionamento.

O autoconhecimento te tornas livre. Quanto mais você se conhece mais exigente você é, e não aceita vazios alheios.

Passar por situações difíceis te fazes mais forte, por isso não te feches para o mundo. Leve seu tempo, mas não perca o tempo das borboletas no estômago.

Eu gosto de me sentir segura

Apesar de sonhadora

Sou pé no chão

Aí surge a mania de me relacionar

Com pessoas que eu já confio.

Não deixe de ser protagonista da sua própria história.

Quando meu coração aperta

É no teu abraço que quero abrigo

Liberdade foi a melhor coisa que eu encontrei
em você.

Relacionamentos são pássaros

Não têm chave, nem gaiola

Têm flor na casa

Sexo na madrugada

Playlist de amor

Confissões

E os melhores momentos

Ninguém precisa ver

Foi nesse amor

Que cresci

Amadureci

Chorei

Perdoei

Quase desisti

Era um nó que queria desatar

Desatei

Na sua mentira

Eu mereço ser mais do que a mulher que você liga

quando está sozinho no bar.

Somos estúpidos e imprudentes para pular de cabeça no oceano que nos divide.

Você é aquela paixão que o tempo não vai curar,

é a saudade que a gente não conta pra ninguém.

Somos páginas de um livro novo, com histórias para preencher os capítulos em branco.

Admiro nossa conexão

Verdade, intimidade

Nosso "nós"

Tão nosso.

Espero que ela saiba que é raro ter alguém como você, nessa troca de olhares eu vejo diversas poesias que você não diz.

Me guarda em um cantinho no meio desses discos. Me escuta quando der saudade, como as músicas que tocamos naquela primeira noite de setembro. Cada segundo juntos é como o som do vinil, é único e sem pausas. E se o amor é como música, eu sou disco de vinil raro, edição de colecionador. Não sou como essas garotas que são *playlists* prontas do Spotify.

Esse amor iluminou minhas noites como luzes da rua, formando um mapa que me guia para um lugar seguro: você.

Quero me sentir livre com você. Pegar na sua mão
e te beijar para que todos possam ver. Esse amor
proibido pode até ser divertido por um tempo, mas
uma hora eu vou querer você por inteiro.

Eu não sou muito de expor o meu amor, é como um tesouro que guardo. É presente especial, ao mostrar ele para o mundo, ele será atingido por maldade e inveja. Por isso, quando se trata de romance, prefiro aquele que é discreto e só eu sei a sua intensidade.

Acho que mesmo me curando e me encontrando depois de me perder em pessoas que não mereciam minha poesia, eu não voltarei a ser a pessoa que eu era antes.

Crescer é entender o amor de verdade, é saber que antes de amar alguém você precisa se amar. Você precisa apenas de você mesmo antes de qualquer outra pessoa.

Ninguém te ama como você mesma.

Nosso próprio tempo é o que nos torna únicos.

Eu não sou mais a mesma pessoa do começo de nós, poderia entender muito melhor, mas nós dois sabemos que não somos os mesmos...

Faz muito tempo que eu quero te falar que naquela noite que brigamos eu fui dormir chorando, mas não foi nada com você. Ou conosco. Eu chorei porque te dei um ultimato, falei que ia embora, e você nem teve medo de me perder.

E que engraçado, decidimos viver e ter novas
experiências. No meio de tanta coisa, aprendi com
você; um aprendeu com o outro.

Só amor não é suficiente, só fui me dar conta disso quando outra pessoa apareceu e percebi como sentia falta de admirar alguém.

Sempre perdoando os erros e dando chances que não dei para mim mesma. O meu maior erro talvez não seja te perdoar outra vez a cada erro, mas, sim, te manter aqui mesmo sabendo que não vai mudar.

É preciso amar muito para entender que às vezes é preciso deixar ir. É preciso amar muito para saber dizer adeus. Sabedoria é também saber a hora de sair de lugares que não te cabem mais. Quando algo dói mais do que sobra amor, é hora do adeus.

Fui embora não para você sentir minha falta, mas,

sim, para me encontrar comigo.

Eu estava ocupada demais perdoando os seus erros
que não tive tempo de me permitir ser imperfeita.

Você foi se entregando em pedaços e eu me entregando por inteira. É justo que eu demore mais para perdoar.

Eu sou exatamente o seu tipo, apenas mais uma na sua lista. Talvez ingênua o bastante para cair no seu charme, mas sou tão imoral quanto você. Nós dois temos grandes reputações, daríamos o que falar, porque você gosta das mais indecentes.

O amor morre quando cai na rotina e chega ao limite
que, mesmo ao ressignificar o cotidiano, não será
suficiente.

Não quero construir máquinas do tempo. Muito menos tentar nos encaixar em uma história em que sabemos o final. Se for para voltar, precisa ser para recomeçar. Queria ter a sorte de ser a pessoa que entrará na sua vida e conhecerá a versão mais nova e reformulada de você. Quero ser história nova que vai olhar suas cicatrizes, não as reabrir.

O meu maior mistério é que te vejo falar da vida e de amores. Só não entendo por que não me tornei ainda o seu amor e parte da sua rotina.

Tenho certeza de que há algo no universo que nos
divide.

Essa força que nos une e repele
é o que me faz acreditar em estrela cadente,
biscoito da sorte e
em amores de cinema.

Sempre fiz tudo por nós, até os cacos do meu coração eu limpei para que você não cortasse os pés.

Sou feita de excessos. Nossos corpos se encaixam perfeitamente, mas eu sou demais para caber no seu coração.

Você já sabia que era o fim, por isso demorou tanto para contar sobre ela. Eu nunca vi esse final. Para mim, sempre tinha chance. Você não quis dizer e eu te dei voz.

Decidir ir embora me rasgou o peito, mas ficar aqui me destruiria por inteira. Hoje levo no coração apenas a cicatriz, ainda estou inteira.

Ainda bem que você foi embora, só assim fui capaz de ver que não preciso de nada além de mim mesma. Você não é protagonista da história, é passageiro na minha aventura.

A forma mais sincera de dizer que te amo foi te deixando ir. Porque o amor é livre e também vive nas despedidas. Eu me despedi em paz, agora escrevo sobre nós porque é nas palavras que me abrigo. O amor que sinto por ti é grande o suficiente para entender que precisamos crescer antes de ser um do outro.

Estou vivendo um momento louco. Durante muito tempo eu me fechei, eu me achava fria e distante. Mas então você foi embora e um peso saiu de mim, eu me reencontrei. Estou feliz, apaixonada, romântica, fofa e sem ninguém — somos apenas eu e eu mesma vivendo esse sentimento de sentir o amor, o meu amor-próprio.

Sou feita de acreditar em amores predestinados, não sou fã dos acasos. Por isso eu queria tanto ter a sua vida aqui na minha, queria tanto que nossas vidas se misturassem.

Beijos no seu carro, estacionamento vazio. Nossos
começos de algo impossível são minha religião.

Charles Dickens diria que “Foi o melhor dos tempos, foi o pior dos tempos [...] tínhamos tudo diante de nós, tínhamos nada diante de nós”. Foi então que percebi que não tenho nada a perder, é tudo muito delicado e eu prefiro aproveitar o mais efêmero dos momentos do que me prender aos temores profundos que nos dividem. Podemos sobreviver aos terremotos? Estamos com nossas mãos amarradas e nossos corações ocupados. Eu sabia que nada que pudesse deter suas loucuras estaria ali. Fugimos do perigo como se tivéssemos *snipers* nos seguindo. Eu só queria mais uma noite com você, te beijaria até que o mundo parasse.

Depois daquela noite, nossos sentimentos ficaram à flor da pele. Estávamos arriscando tudo, cometendo as maiores loucuras. Fico aqui deitada no chão do quarto enquanto observo a luz do abajur nos livros, será que você sonha comigo? Me pergunto se estou indo rápido demais para interpretar errado tuas promessas. Tantas perguntas sem respostas, tantas incertezas, fico na dúvida, achava que era só eu que me sentia assim. Você está preso nessa ansiedade assim como eu, como pilotar um carro de corrida? Enquanto ainda não podemos prometer nada e, muito menos, achar uma resposta para isso, deixo que o destino nos guie.

Eu já fui uma pessoa apaixonada, que sonhava com o grande amor. E achei. Foi nesse grande amor que percebi que amor é muito mais. Me descobri, não dou créditos a ele porque devo tudo a mim. Eu fui forte o suficiente para superar e sair. Flores, anéis, jantares caros, viagens não podem comprar um amor. Nada disso é importante, eu me via muito sozinha mesmo estando acompanhada. Essa mesma pessoa que te oferece o mundo é capaz de te fazer vivenciar os piores pesadelos e se sentir a pessoa mais suja do mundo. De que adianta todas essas coisas românticas se a pessoa que está contigo não é real? Se não desperta o teu melhor? Demorei para perceber que precisava sair dessa situação. Mudei e me reconstruí... Essa história de que só é possível ser feliz com alguém não é verdade. Eu abri os olhos para a ilusão que vivia, não preciso de um Romeu para me salvar. Eu sentia que o cobrava demais quando, na verdade, tudo que eu pedia era o mínimo: coisas que ele jamais seria capaz de me oferecer, pois eu o amei, mas me amei mais. Tudo aquilo que você destruiu em mim se reconstruiu como um arranha-céu que brilha à luz do dia.

Tudo vem na minha cabeça como um caleidoscópio
de memórias, ecos. Parte de mim sabia que isso ia
acontecer. Não foi nada que ele fez ou disse, foi toda
a energia que ele trouxe com ele quando chegou
de cabeça baixa naquela festa. Tudo aconteceu tão
rápido, me atingiu como uma bala de canhão. Ele
já estava preparado desde que me vira sozinha no
corredor, lendo. Eu perdi meu equilíbrio com esse
campo magnético dele, que me puxa.

Somos acostumados. Vivemos buscando nos acostumar. Buscamos uma rotina, o caminho mais fácil para voltar pra casa ou como organizamos a louça no armário da cozinha. Costume. E no amor, não é diferente, às vezes, estamos ali há tempo o suficiente para se acostumar. Há tempo o bastante para se ter histórias, momentos e companhias que acabamos virando reféns do conhecido. É difícil de desatar, como um nó-cego, sair da zona de conforto é como bagunçar a coleção favorita de livros, mudar o sabor favorito da pizza. Não somos loucos o suficiente para nos arriscarmos... Ou somos?

Adoraria conhecer o mundo com você. Te mostraria o fim de tarde em Paris, sentados naqueles cafés de esquina, te levaria para um show de tango em Buenos Aires. Mas com você, não importa onde eu esteja, se você me desse uma chance de estar junto, não precisaríamos estar em museus ou em praias. Pode ser no mercado perto do teu prédio, comprando umas besteiras para curtir o domingo de preguiça, prontos para ficar no sofá vendo faroeste. É difícil de acreditar que existem tantas barreiras entre nós. Tudo parece tão certo, encaixe perfeito. Sou uma bagunça, como discos fora de ordem. Para sua sorte, já tracei todos os nossos roteiros... o pôr do sol na ponte de Westminster, em Londres, combina tanto com teus olhos castanhos.

Eu não quero me magoar e sair ferida de alguma coisa tão incerta e, quando eu peço para ficar, você some e me esquece. Quando eu menos espero, você volta com suas incertezas e jogos dos quais não entendo as regras. Você é um quebra-cabeça. Está sendo cruel e não sei até onde aguento essa tortura disfarçada de gentileza.

O seu campo magnético é tão forte que me derruba como se eu fosse um castelo de cartas. Eu te olho e o vejo tão perto que posso te tocar, mas tanta coisa entre nós impede. Me surpreenda com novos horizontes e eu te mostrarei coisas incríveis. Me faça viver coisas que me perseguiriam aonde eu for, como ecos. Eu passarei os dedos na sua barba e as luzes se apagarão devagar, só continue me olhando como naquela noite. Isso é errado o suficiente para parecer certo. Me jogue na sua cama e diga palavras sujas. Estou apaixonada por você, como assistir a um filme pela primeira vez. Vamos deixar para arrumar tudo depois, ninguém precisa saber. Poderia esperar calmamente, mas vejo fogos de artifício quando nos olhamos...

Hoje eu sonhei com você, ainda éramos dois jovens imaturos que se amaram e nunca tiveram nada. Não te vejo faz um tempo, temos rápidas conversas. Nós mudamos e crescemos, e a última vez que nos vimos ainda queima na minha mente. Me desculpe pela bagunça que causei entre nós, aquela tarde de julho ecoa aqui. As coisas ficaram estranhas. O meu aniversário passou e não nos vimos. Eu me lembro daquele dia quente, você rindo enquanto dirigia e foi aí que percebi que preciso de você. Sinto falta da tua pele morena, sorriso tímido, tão bom para mim, tão certo. Lembro-me daquele dia em que me abraçou na primeira vez em que me viu chorar. Estamos perdidos nessa bagunça, mas se eu pudesse ter você outra vez, faria tudo certo.

Eu te amo, mas não quero mais. Passamos parte do nosso tempo buscando o grande amor, e quando ele chega pode ser incrível, mas também pode te deixar no chão. Nesses momentos pensamos que realmente precisamos estar ali, aguentando todos os espinhos. As mãos sangram e você pensa *é amor, eu preciso estar aqui, não terei nada como isso de novo*. Nos preocupamos com o medo. Medo de estar sozinho, medo de não existir rosas tão bonitas quanto aquelas que te machucaram. Precisamos aprender que existem diversas rosas, de diversas cores. Às vezes confundimos a forma de amar de alguém com a nossa. Me pego pensando que é possível amar alguém e não gostar mais de estar ali, porque o amor pode ser uma roupa antiga que não serve mais. Tantos erros cometidos e vamos perdendo, nos perdendo. E só amar não é o suficiente. O amor é a base da pirâmide e todo o relacionamento é o que vem por cima. Cada erro é um andar dessa pirâmide que se vai, agarramos a necessidade de estar ali. Devemos acordar e procurar por algo que seja inteiro.

Cheguei em um momento da vida em que me pego pensando que já devo ter escrito tudo sobre o amor, sobre estar apaixonado ou sobre dizer adeus. Foi Shakespeare que disse que o amor é cego. Mas o que acontece conosco? Nós, os incompreendidos ou não correspondidos? Nós, que vivemos amores impossíveis, imaginários e sofremos em silêncio? Será que nosso destino é sofrer por algo que não podemos ter?

Eu sou muito ligado a você — disse ele, de forma simples às 3h da manhã. No fundo, ele tem medo de tudo mudar, eu também tenho. Tenho medo de pressionar demais, estragar tudo. Eu explodo tudo que está perto de mim. E amores efêmeros são como estrelas cadentes, quando você menos espera ela vem e vai, rapidamente, tão fácil de perder. Assim como eu e ele. Não quero que ele se afaste, prefiro não ter promessas e que tudo seja delicado do que não ser refém dos olhos que guardam poesias.

As pessoas têm uma visão de mim de que sou fofa, meiga e apaixonada. Já fui. Já fui a garota que esquece todos os erros de alguém com flores e anéis. Sonhei em viver histórias como as dos filmes, mas graças à vida, aos aprendizados e à maturidade, percebi que não sou uma garota como as outras. Sou uma mulher. Fui me descobrindo mulher e me encontrei na melhor fase da minha vida. Vejo o real, não estou aqui para perder tempo com pessoas vazias que não merecem minha poesia. Também sou feita de sonhos, mas também de garra para lutar. Sei ver que mereço mais e aprendo cada dia com meus erros. Isso é ver o amor real. Isso é crescer.

Entre idas e vindas de pessoas na nossa vida, algumas delas nos tomam por inteiro. Se tornam controladoras e abusivas, perdemos o controle de nós. Nos vemos em um lugar solitário e escuro, até que alguém novo nos mostre que podemos acreditar no amor, que nos trate como merecemos. Fechamos os olhos para a realidade. A realidade de que aquilo é o mínimo que alguém deve fazer por você. Não romantize o mínimo nos relacionamentos, não significa que não deva ser grato, mas, sim, que é preciso acreditar que sempre merece mais. Aceitar aquele lugar de coisas medianas fará com que os dois se acomodem e não tentem melhorar, porque aquele pouco basta.

Não é todo dia que me sinto bem, que me amo por inteira e me aceito. Não é sempre assim. Às vezes me sinto como uma câmera fotográfica. Esses dias são escuros, como se estivesse vendo a vida pelas lentes das câmeras, estou na câmera escura. Nesses momentos, me sinto sozinha, sou tomada por uma sensação terrível de solidão. Sento e choro, não consigo ver o melhor em mim. Todos meus defeitos se tornam gigantes e passo a odiar o meu reflexo... mas tudo bem, isso uma hora vai passar, não é todo dia que me sinto bem.

Sempre imaginei que o lugar de um casal era na calmaria, quietude e paz. Achava que amor tinha que ser dentro de uma caixa de rótulos, onde as pessoas ditam o que precisa fazer ou ser, como precisar preferir ficar em casa do que sair só porque são um casal. Mas descobri com você a liberdade de amar alguém. Aprendi com você que sentir tudo é melhor do que não sentir nada. Esse meu jeito intenso e imprevisível nos faz viver coisas malucas a cada segundo. Nossa rotina é quebrada por ideias inusitadas como ir a uma festa a fantasia no mesmo dia ou tomar um vinho em plena terça à tarde. É vivo, um dia vamos olhar as páginas da nossa história e ver a luz de um amor intenso.

Estão os dois aqui... perguntas despretensiosas e até mesmo indecentes na madrugada. Esperando a sensação de perder o chão, mas com medo de errar. Meu coração tem marcas e os braços, tatuagens. Você não vai roubar meu coração... Me fechei por meses, acreditando que o amor só machuca. E sou um trem descarrilhado, fim declarado, nada comigo é para sempre. Você não vai me ver se entregando fácil porque raramente peço perdão. Não posso te prometer amor, faz parte do meu charme não acreditar nos amores duradouros que me contou. Falamos das nossas dores para tentar se entender. Mas também sei que o pôr do sol em Florença combina com a cor do teu cabelo. Eu gosto do perigo e vivo no incerto, você está pronto para isso? Não tenha medo de pegar minha mão, pega o passaporte, vamos para Positano tomar vinho *rosé* na beira da praia?

Aprendi que autoestima não é apenas sobre amar o corpo e se aceitar. É se sentir bem com o que você é, ter confiança em si mesma, acreditar nos seus sonhos e paixões. É sentir-se confortável com seus gostos e inteligência. Acreditar que seu jeito é único. Ter momentos com você mesma, ficar bem sozinha, como agora que escrevo isso sozinha no meu quarto escutando meu vinil dos Beatles.

Talvez eu pense muito, o meu jeito é um pouco ansioso, me faz pensar demais no futuro. Ou quem sabe é a sua incerteza de me ligar só quando está na noite. Eu falo, prometo para mim mesma que não vou cair na sua. Minha convicção é de me deixar levar só por quem merece minha poesia, e aqui estou me traindo com você, fazendo loucuras que jamais faria.

E indo contra a maré, aqui estou eu, me sentindo viva, sentindo o coração batendo rápido. Mãos suando e estômago revirado. Que piada engraçada ser tudo isso com você. Depois de tanto tempo, quem imaginaria nós dois? Jurei para mim mesma que viveria sem coração, e aqui estou eu, querendo entregá-lo a você.

Escrevo esses textos démodés, bregas e cafonas. Mas valem a pena porque são poucas vezes na vida que as estrelas se alinham para que os encontros aconteçam, no nosso caso, a estrela era o Sol. Sorte a nossa termos nos esbarrado, destinos se cruzaram, estrelas se alinharam, posso agora viver a tal história dos livros, as histórias dos apaixonados.

Eu decidi ser eu mesma. Não quero perder o
mundo mudando sempre a mil, é a sensação de
que amadureci e não tenho medo de crescer como
a minha geração. Aprendi que tudo tem seu tempo
e lugar, dizem que sou difícil de entender, mas
tenho apenas uma mente cheia de sonhos e escolho
destinos para ir no mapa-múndi do meu quarto.
Coração livre, porém gelado; quem tentou se
aproximar, desistiu. Escolhi viver a minha idade,
aproveitar a liberdade. Ser real tem um preço que
eu sempre pago, mas sou poesia, prefiro viver e ter
histórias para escrever.

Foi Shakespeare que escreveu que as alegrias violentas têm fins violentos. Ele me pergunta como eu estou sobre nós, minha preocupação são suas amarras, queria fugir para um lugar longe e mergulhar nos teus oceanos. Isso é o paraíso e não há caminho de volta, efêmero que queima, ferve e me destrói. Ele é lindo como um pecado, proibido para mim e assim vejo o fim antes que algo comece, pois quero te dizer tantas coisas, mas não sei se devo ou posso. Talvez ninguém precise saber o que vamos fazer, pois já chegamos até aqui para ter que voltar atrás. Essas lembranças te seguiram até em casa e a camiseta está toda manchada de batom vermelho. Apenas diga que me quer além dessa bagunça. Porque se eu sou revolução, tenha medo de pegar na minha mão.

Se um cara escreve sobre os sentimentos dele e suas experiências, ele é corajoso. Se uma mulher escreve suas histórias e seus sentimentos, ela está sendo dramática, expondo demais ou está louca. Ou então "cuidado, ela vai escrever sobre você e postar nas redes sociais". No meu caso, "escrever um livro".

O sentimento que veio com ele foi ansiedade, porque era muito frágil. Algo que começa tão intenso acaba de forma avassaladora e só podemos pensar: *ok, o que vai ser agora?*, *qual a próxima coisa que vamos fazer?*, *o que iremos fazer depois dessa noite?*. É estranho pensar essas coisas. Eu olho essa exposição de quadros que para mim não parecem ter forma alguma, apenas tinta jogada na tela, pois vejo o seu rosto onde quer que eu olhe. Quanto tempo até isso se transformar em uma grande bagunça? É um mês? Ou todos esses dias depois daquela noite já são a bagunça? Algumas coisas podem ser sólidas e é o que esperamos, mas não é o que temos. Mas tudo isso não significa que seja ruim, porque existe beleza na fragilidade. E eu sei que você é perigo, problema e tem todos os empecilhos entre nós... deve ser por isso que gosto.

parte II

metamorfose

um café com senhor darcy

Você me perguntou quando essa conexão contigo começou e não sei responder. Talvez porque sempre te observei, pensei no que tinha por trás dos olhos doces escondidos, atrás do olhar de Clint Eastwood. Sempre te achei interessante pelos corredores, mas sempre imaginando que talvez você não fosse olhar pra mim como eu olhei para você. Cheguei cedo, pedi logo o expresso duplo de sempre, fiquei te esperando, claro, meu jeito só um pouco ansioso me fez chegar mais cedo. Enquanto lia, pensei que poderia se atrasar, mas você chegou bem na hora. Enquanto você caminhava até a mesa, pensava no quanto havia esperado por aquele momento. Nos abraçamos e sentamos, você logo pediu dois cafés, como sempre faz, sempre sabe o que eu quero sem eu ter que dizer uma palavra. Dava para sentir nosso nervosismo, aquele bom, aquele que você sente voando, com mil borboletas no estômago além daquela tensão de que sabíamos de que era um erro e se isso é tão errado assim, eu faria de novo.

Entre conversas profundas e risadas — seus olhares indiscretos para mim e o jeito com que você passava a mão na barba —, eu te pedi para me contar algo que ninguém sabia sobre você. Você disse que nunca te fizeram uma pergunta assim, e fiz porque quero saber mais. Você me conta histórias e estou ficando sem graça não sei bem por quê. Falar de filmes, livros e músicas são conversas infinitas. Falamos sobre medos e histórias de infâncias, tão simples e perfeito como um sonho; é estranho eu gostar tanto de ouvir você falar. Você vira a cabeça para trás, rindo com aquele sorriso inocente de criança, acho estranho você me achar diferente, porque ninguém tem esse olhar que você tem sobre mim. E então começa a falar do tipo de filme que gravaria nesse café, agora quero falar disso e, pela primeira vez, enxergo algo bom. Mesmo tendo muitas barreiras entre nós, estou um pouco confusa, porque não sei quais são suas intenções, só não quero ser mais uma ex, só quero estar com você nesse café, naquele bar que já fui te ver, naquele show, naquela feira de vinil. Quando você fala da sua família e dos seus domingos, eu percebo que passei muito tempo da minha vida pensando que o amor é um sentimento ruim, uma coisa que só traz dor. E foi em uma quinta-feira em um café que passei a ver que o amor, por mais efêmero que seja, pode ser bom.

quando bate aquela saudade

A saudade é como uma droga, quanto mais você sente, mais você depende. Sentir saudade de alguém é tão normal, depois de passar meses ou anos dividindo sua vida com alguém até o dia em tudo vira passado e, em cada partida de alguém, levam um pouco de você. É esse pouco que faz o coração apertar, quando toca aquela música e na mesma hora tudo volta como um flash e os momentos ecoam na cabeça.

Não é dele que você sente falta, é do que você era quando estava com ele. Eu era como um camaleão que se transformava na cor que ele queria para caber no mundo que ele construiu. Não sinto falta das flores que ele mandava, mas, sim, do frio na barriga quando as recebia.

Infelizmente, não existe receita ou remédio. Só o tempo pode diminuir os efeitos colaterais e, mesmo assim, mais de um ano depois, não sou capaz de dizer se estou curada ou não. Porém, se cruzamos olhares na rua, vou jogar o cabelo e ele vai ser apenas alguém que eu conheci, porque nunca saberá quando bate a saudade em mim...

preciso parar de me importar

Já faz mais de um ano que terminamos e agora você volta a curtir minhas fotos em uma rede social. Tudo bem, eu não me importo. Eu escutei aquela música que dizíamos que era nossa e senti meu coração doer um pouco, mas tudo bem, eu não me importo. É tão fácil de te ignorar em qualquer situação. Claro, já faz tanto tempo. Não quero e nem vou me lembrar de você, é o que eu tento dizer para mim mesma toda vez que algo me lembra você. É como se você, às vezes, estivesse aqui. Eu superei, eu parei de me importar, mas observo sua vida pelas fotos e digo para mim mesma: "pare de se importar com isso".

quero aquele bom-dia de novo

Hoje eu acordei e tomei aquele café forte que, quando eu estava com você, eu odiava, mas hoje não vivo sem. Por alguns segundos olhei o celular, esperando ter uma mensagem sua. Bom, sempre tinha. É estranho como existem certas coisas que você não desapega ou leva um tempo maior para parar de fazer, principalmente quando alguém fica tanto tempo na sua vida que até tem escova de dentes na sua casa. Aquele dia em que você foi embora, levou tudo, até as fotos reveladas que eu tinha no quarto; não faço ideia do que você fez com tudo, se guardou ou jogou fora, isso não é mais problema meu. Eu só quero que se lembre de tudo que vivemos no seu quarto apertado, quero que se lembre das nossas conversas e das mensagens que trocávamos, pois eu sinto falta daquele bom-dia que você me mandava.

ainda lembro de observar você dirigindo

A noite era fria em dezembro, luzes de Natal e seus amigos riam no banco de trás do carro. Podia ver o sorriso da sua amiga pelo retrovisor, você mantinha os olhos na pista e uma mão na minha perna. No meio da madrugada, voltando do show de rock, para mim era como se tudo fosse bem devagar, em câmera lenta. Sua risada, aquela música da Taylor Swift tocando no rádio, as conversas dos seus amigos e sua silhueta sobre mim devido à luz dos postes. Seu sorriso tímido e o jeito que piscava lentamente... são os seus detalhes, eu não consigo esquecer. Meu batom vermelho te sujou inteiro, mesmo assim você sempre dizia que amava ele.

É estranho não ter mais você. Se você um dia ler isso vai saber que às vezes a pessoa tem tudo para ser a certa, mas não significa que vai dar certo. Percebemos isso antes de se entregar mais ainda. Aquela camiseta do *Star Wars* ainda está comigo. Espero que toda vez que você vá naquele show, lembre da gente cantando e dançando, assim como eu vou lembrar de você sorrindo para mim, no caminho de casa.

desde que você se foi...

Algumas pessoas dizem que o tempo passa voando e para outras ele quase para. Para mim, ele tem corrido desde que você se foi. A vida não parou mais e, como um trem desenfreado, eu curtia o vento nessa velocidade. Quando você estava aqui, eu jurava que não gostava de café, hoje eu não vivo sem uma xícara para começar o dia. Jurei para você que jamais teria cabelo curto, e agora eu nem me reconheço mais se meu cabelo não estiver curto, bem curto, do jeito que você comentava que odiava quando via em outras mulheres.

Continuo amando usar chapéu, eu sei que as abas do chapéu te incomodavam, e o colorido que eu tanto amava no cabelo continua aqui, de roxo foi para azul. Hoje eu amo tomar uma cerveja com meus amigos no bar, rir de piadas sem graça, você jamais deixaria eu fazer isso. Não perco nenhum show das bandas que gosto, aqueles que eu implorava para que você fosse comigo. Eu entrei na faculdade, amadureci, tirei carteira de motorista, escrevi esse livro, porque desde que você se foi, eu aprendi a me amar.

eu sou londres

Andando pelas ruas, vejo pessoas bebendo nos pubs no meio da tarde. O céu coberto pela tradicional névoa britânica. Não preciso de céu dourado, porque aqui o cinza é a cor mais bela, que realça os vermelhos das cabines telefônicas a cada esquina e os ônibus de dois andares passam lotados. Os *black cabs* com a direção do lado direito são rápidos e me levam para Camden e Notting Hill, vivo minha cena de cinema. É a terra dos meu autores preferidos, como Charles Dickens e Jane Austen — que me inspiraram a escrever. Sinto o cheiro de peixe frito com batatas na calçada, é quase impossível não gostar. O *tube*, assim que eles chamam o metrô, me faz chegar a tempo para o pôr do sol na ponte de Westminster. Tomo o chá das cinco com pães sem casca. A noite na cidade histórica se transforma em cosmopolita, como as luzes de Piccadilly Circus, que são fortes e não me cegam. Eu poderia olhar todas as noites. Dizem que casa é onde seu coração está, e eu estou aqui. Eu sou Londres, intensa e verdadeira, estou nos meus livros e filmes favoritos. E a trilha sonora fica com os Beatles, que é como se tocassem em todo lugar. Achei meu lugar no mundo. Me encontrei na terra da rainha.

não procure um amor, ele virá...

De vez em quando me pego pensando: por que temos a mania de procurar o amor? E o real problema não é nem procurar alguém, é idealizar um amor perfeito. Imaginar que existe alguém que se encaixa em todos os sonhos, que não tenha um passado para assombrar e ainda seja leve e te deixe livre. Quando resolvemos procurar alguém, esquecemos de olhar a beleza de cada pessoa, cada detalhe que nos torna diferentes e acabamos nos prendendo à ideia de que existe uma pessoa perfeita.

Porém, não devemos nos fechar. Muitos, quando perdem um amor, acabam se tornando frios, fechados e esquecem que o amor só vai dar outra chance se realmente quiserem, quando tiverem deixando todas as mágoas para trás, quando tiverem se amado o suficiente para saber que estão prontos para amar alguém de novo. É tão complicado, cheio de "devemos ou não fazer algo", e não existe uma fórmula perfeita, um lugar perfeito para encontrar alguém...

Pelas minhas experiências com amor, só consigo dizer que o segredo seria: estar aberto para coisas novas, sair da zona de conforto, amar-se o suficiente, olhar ao redor e ver que cada pessoa possui um brilho especial nos olhos, que temos uma galáxia inteira dentro de nós e só alguém que seja capaz de enxergar isso vai realmente nos fazer entender o quanto o amor pode ser leve. Então não saia por aí procurando a pessoa perfeita, saia por aí atrás de aventuras, viagens, coisas novas e você não vai precisar procurar o amor, ele virá até você...

um amor leve como uma música francesa

Parece que no mundo de hoje, onde as relações são muito superficiais, é difícil viver algo com alguém que não te prenda, não te limite, não te impeça de viver a sua liberdade. Não é porque você está em um relacionamento que tenha que se proibir de viver seus próprios sonhos, de viver seus devaneios e imaginar-se onde sempre quis estar – no meu caso, tomando um café na Rue de Rivoli, em Paris, e quebrar a casca do *crème brûlée* com a colher igual a Amélie Poulain.

Mas se tiver sorte, terei alguém que fará isso comigo, será leve como uma linda música francesa, me trará paz, me deixará livre para voar nas palavras, entenderá os meus piores momentos e não vai se importar com qualquer mentira que disserem de mim. Podemos viver algo intenso e que não se limite apenas a brigas e ciúme, pois isso nos desgasta e nos faz perder as esperanças.

Com o passar do tempo, o amadurecimento e a vontade de viver coisas intensas me trouxeram

alguém que também quer tomar um café em Paris e
que não se limita apenas a isso – quer ir a Barcelona,
Roma, Bruxelas, Dublin, e aonde eu vou ele está
nos meus pensamentos, tem tudo que as garotas
querem, ri das minhas piadas sem graça e toda vez
que me chama de "amor" meu coração acelera... Ele
tem algo especial, me faz entender todas as músicas
românticas, e todas as músicas francesas são nossa
trilha sonora... Ele me ama de um jeito leve como um
clássico da música francesa.

perdoe-se

O mundo está cheio de pessoas que querem te ver falhar, tentam te apunhalar pelas costas, mentem sobre você e sobre o que você é. Algumas pessoas — que podem até ser próximas — tentarão te fazer mal, entrar no seu castelo, roubar sua coroa e aquilo que há de mais belo em você: o seu sonho.

E, muitas vezes, perdoar é tão difícil, e você não precisa desculpar alguém pelos erros que cometeram com você, mas é preciso perdoar a si mesmo. Perdoe-se. Livre-se do sentimento ruim que toma o seu coração, esteja com alguém que vê o seu melhor quando todos ao redor apontam o dedo para você e seus erros, alguém que enxergue o seu melhor quando todos veem apenas o pior.

Os mentirosos também te chamaram de mentirosa, mas a pessoa especial não vai ligar para isso. Eu sempre cometo os mesmos erros, e acabo deixando essas pessoas me derrubarem, mas tenho a sorte de ter alguém que me ama como se fosse nova e não se preocupa com os mentirosos em volta, passa por cima de tudo como um avião...

Por isso, perdoe a si mesmo e seja livre, leve e
ame-se para que possa ser amado do modo
mais simples e intenso. Não se preocupe com os
mentirosos, a paz no seu coração é mais importante,
o amor-próprio é mais valioso do que traidores.
Perdoe-se, pois o show deve continuar.

4 patas

Olhos pretos, pelo preto e quatro patas. Meu sonho de criança era ter um cachorro. Um dia aparentemente normal, eu fui almoçar na casa da minha vó após uma viagem e voltei para casa com a melhor coisa que me aconteceu: Madonna, bem pequena, os pelos bagunçados e ainda muito perdida. Difícil de acreditar que um cachorro pode mudar tanto o que somos, mudar nossa visão de amor e vida. O amor do cachorro é puro e real, ele te ama incondicionalmente, mesmo que você chegue em casa e esteja estressado demais para não jogar a bolinha. Madonna me ensinou a ter responsabilidades e a amar infinitamente. Me ensinou que não importa o que aconteça ela coloca um sorriso no meu rosto apenas deitando no meu pé. Um dos piores dias da minha vida foi quando ela ficou doente... Eu tive que ser forte, pois ela precisava de mim. Em horas como essa tudo que você pensa é em salvar a vida de seu bichinho. Ela estava lá para mim nos meus piores momentos e, no pior momento dela, eu estava lá. Sei que um dia ela não estará mais comigo, mas, enquanto isso, eu quero viver tudo com ela. Levá-la para correr no parque, buscar a bolinha, dar petiscos, deixá-la dormir na minha cama, ir embora do passeio porque sei que ela está me esperando em casa. Um cão te ensina que o melhor da vida está no simples e não importa o que você tem, mas sim o que você é.

então você sumiu... da minha mente!

Tantos dias que eu passei pensando em mim e você, achando que estava vivendo no escuro. Criando sentimentos que só existiam para mim. Não consegui escapar de você, meu nome estava na sua boca e mente. Era como se você estivesse mais em mim do que minha tatuagem dos Beatles. Foi muito bom viver essa fantasia, mas achei a saída do País das Maravilhas. Era um paraíso intocável, homem irracional, como no filme do Woody Allen. Você prefere pegar uma pipoca e observar minha vida de longe, sabe que eu iria até ti sempre que chamasse, estaria lá para o seu show. Em uma noite mágica me vi longe do seu campo magnético. Você até me ensinou lições como um mestre, mas eu não me lembro de quase nada. Isso foi me matando devagar; pegava o carro de fuga e ia até onde estava na noite. Você diz que vive no perigo, mas é o primeiro a correr e dar passos para trás. Eu sempre estava esperando que você estivesse me esperando. Suas ideias eu comprava, bastava uma palavra para me ter. Estamos amaldiçoados desde o primeiro café que tomamos, eu não queria segredos e o que não me matou fez eu te querer mais ainda. Me acertou como um alvo quando eu estava sozinha no corredor lendo. Dos meus sentimentos, você será o último a saber. Porque se a gente tivesse uma razão para esse gato e rato por meses, eu não estaria assim. Você simplesmente sumiu... e eu esqueci de me lembrar de você.

quase...

Foram tantas às vezes em que o "quase" esteve presente. Tantos momentos que eu quase te liguei, quase fui falar com você e que quase que isso foi amor. Nós dois seguimos caminhos diferentes, sei que para você não existe um "replay", não existe volta. E para mim também não. Não posso fazer isso e arriscar outro "adeus". Agora estou aqui te observando com olhares rápidos e tímidos nesse restaurante lotado e nós não estamos nos falando.

Podemos até fingir que não é nada, que nunca foi nada, mas nunca ouvi um silêncio tão barulhento. Será que esse orgulho te mata como me mata? Porque das nossas histórias eu sou refém, e é só te ver que me arrependo de todos aqueles momentos que eu deixei o "quase" me dominar.

Fico imaginando que, se tivesse feito algo, será que estaríamos agora fingindo para nós mesmos que não nos vimos? Tem tantas paredes entre nós que eu queria destruir. E você, pode até mexer no celular para parecer ocupado, mas está apenas sendo orgulhoso. Somos orgulhosos demais para tirarmos nossas armaduras. Se você soubesse o quanto isso bagunça minha mente, e não significa que ainda sinto algo por você ou você por mim, significa que aqueles momentos foram importantes o suficiente para marcar a vida um do outro, independentemente do que estamos vivendo no momento.

Nós não tivemos nada, apenas aquele tempo, e acho que foi melhor assim. Porém, confesso que nos meus sonhos mais malucos ainda estamos conversando sobre o filme do *Star Wars*. Sei que agora você deve estar cansado por conta de uma semana corrida, ouvindo Arctic Monkeys deitado na sua cama perto da janela. E eu também sei que de vez em quando você pensa em mim.

não duvide do seu valor

Em uma dessas noites de devaneios, sonhei que estava na Semana de Moda, em Paris. A parte ruim é acordar e perceber que nada é ou foi real. A vida não é como nos filmes em que cursamos uma faculdade e saímos de lá com o emprego dos sonhos, igual ao da Carrie, de *Sex and the City*, escritora da *Vogue*, com um lindo apartamento em Nova York e sapatos Manolo Blahnik.

Com apenas dezessete anos, fui obrigada a decidir o que queria da minha vida profissional. Enfrentar vestibular, pressão das notas escolares, da família... e quando não conseguimos ou não passamos em uma prova, somos julgados e colocados em potes. Cada pessoa é um universo particular, colocado em um pote na estante.

Imaginei que o primeiro estágio seria como da Andy em *O diabo veste Prada*, bom, na vida real não ganhamos roupa de marca e viagens para Paris toda semana. Mas o primeiro emprego nunca é como sonhamos, nem mesmo o curso que escolhemos vai ser sempre como imaginamos. A vida não é um perfil no Instagram em que, quando algo não agrada ou não sai como queremos, podemos apagar. Temos de enfrentar dificuldades e medos para alcançar o que desejamos.

É nesse momento que as pessoas duvidam de você, duvidam da sua capacidade. Todos temos a capacidade de fazer coisas incríveis e não ser apenas mais um buraco na parede, como naquela música do Pink Floyd. Nós somos mais que um *like* nas redes sociais, mais que um comentário, mais que fotos bonitas. Não duvide do seu valor, não duvide de quem você é.

me beije...

Me beije sob a luz dos postes da rua às 3h da manhã ou no raiar do dia enquanto a luz do sol entra pela sua janela do quarto, ou numa tarde de sábado dentro do carro indo para aquela cachoeira perto da cidade. Ou no meio daquele show da banda que a gente ama. Porque quando os olhos fecham e os lábios se encontram num beijo, seja ele onde for, o coração faz você querer eternizar o momento.

Cada momento deve ser vivido intensamente, como se não fosse mais acontecer. Os momentos únicos são lindos do jeito que acontecem, por mais simples que sejam, são eles que ficam na memória. E, de beijo em olhar, a gente sente o coração bater mais forte. Podemos até tentar explicar um momento em que o seu perfume fica na minha roupa, mas seria perder a sua beleza, como um mágico que revela seu truque.

O amor não tem forma nem regra. É para ser sentido. Pois se o amor fosse uniforme, o beijo não precisaria de intenções. E eu, nossa, tenho tantas com você...

roda-gigante

Queria voltar para o início, onde tudo era simples, era fácil e leve. Ninguém sabia de nós, ninguém imaginava eu e você. As nossas madrugadas eram inteiras para conversar por mensagens, e eu deitava na cama, encantada com cada palavra sua.

Trocávamos olhares secretos e sorrisos discretos, enquanto todos ao redor conversavam, nós estávamos enfeitiçados um pelo outro, como se as músicas românticas tocassem e só a gente pudesse escutar. Nossos amigos não sabiam de nós, até você segurar minha mão em público, sem pensar nas consequências desse crime. Mas minha vontade era de gritar que eu te tinha.

Você beijava meu rosto e deixava o olhar fixo em mim, sabia que tínhamos esperado muito por aquilo, via meu futuro em você. As luzes do parque de diversões iam se acendendo e nós assistimos ao pôr do sol na roda-gigante, lá em cima, onde nós víamos a cidade toda e ninguém nos via. Tudo ao redor desapareceu, seus olhos brilhavam e refletiam a luz do sol. Éramos vítimas do momento, sua mão segurava meu rosto e dizia “mantenha os olhos em mim”. Eu sorri e você me beijou.

Era o dia perfeito, o momento perfeito e o pior dos crimes. Ali eu não tinha ideia de que acabaríamos evitando olhares quando estivéssemos no mesmo lugar, não sabia que sua magia iria me deixar assim. Hoje eu só queria voltar para a roda-gigante, quando você era meu e os momentos eram intensos.

acredite nos seus sonhos

Sonha, pode sonhar muito, não tenha medo ou vergonha. Sonhe em viajar, escrever um livro, comprar um carro novo, passar no vestibular... São tantas coisas para se sonhar. Não importa o que dizem, não ligue, não. O que vale mesmo é você acreditar que tudo vai se realizar, vai acontecer. Tantas pessoas te dirão que é impossível, muito difícil. Te chamarão de louco, irão dizer até que está delirando. Bom, e daí? Ser louco é a melhor parte. E de todos os lados, vão te estender a mão ou te oferecer um ombro amigo, entretanto, não podemos confiar em todo mundo, alguns querem apenas te ver desistir.

Mesmo que caia no chão, levante, e muito mais forte! Acredite mais ainda em você e na sua capacidade de fazer coisas incríveis. Você pode realizar tanta coisa. Não se preocupe, o som do "não" parece ecoar em todo lugar, então faça dos seus sonhos uma armadura. A estrada é longa e o caminho, tortuoso. Se nascemos para ser gigantes, nossos sonhos vão além.

Ser um sonhador em um mundo que tudo se limita é desafiador. Assusta e incomoda quem tem medo de viver. Agradeça a todos que te julgaram, apontaram o dedo e tentaram te diminuir, acredite, eles te fizeram invencível. Somos livres, somos sonhadores, não deixe de acreditar nos seus sonhos, não deixe de acreditar em você.

"Se você pode sonhar, você pode realizar"

Walt Disney

peter pan

Peter Pan era um menino que não queria crescer, vivia cada segundo intensamente, não tinha medo de se machucar, assim como você. O sorriso, o charme, as frases feitas, a capacidade de encantar as pessoas, como na história.

Você tinha a paixão por coisas que podiam machucar, se perdia na imaginação e eu só queria que colocasse os pés no chão. A velocidade, a intensidade, o coração acelerado eram as suas paixões, cheguei a pensar que eu pudesse ser uma também.

Queria acreditar em cada palavra, promessa, qualquer desculpa sua, você veio e coloriu o meu mundo. Você sempre quis que todas caíssem aos seus pés, mas, querido, eu não sou assim. Pode voar para longe, pois a vida real não é a Terra do Nunca; eu sou real. É difícil acreditar em você. Seus erros eram maiores do que qualquer desculpa que inventou para me convencer que cresceu, eu cansei de tentar te entender...

Suas desculpas infantis, suas piadas bobas e a falta de maturidade para encarar os nossos problemas, tive de dizer adeus... Sei que é jovem, mas posso ser feliz sem você. Alguém como você sempre será apenas um garoto perdido, estará ocupado perseguindo outras garotas. Nunca irá crescer, você nunca será um homem, Peter Pan.

para ser intenso, não precisa ser sério...

Li essa frase outro dia no Facebook, o que me fez pensar que nem sempre os relacionamentos de uma noite ou duas semanas são vazios. Com a velocidade dos encontros, a adrenalina corre pelo corpo. Somos capazes de viver coisas intensas e isso não significa que precisamos de um longo tempo.

Você pode estar em um relacionamento de quase dois ou cinco anos e não sentir nada, mas pode estar com alguém por duas semanas e sentir tudo. O amor não é medido de acordo com o tempo. Todos os finais de semana, seja em uma festa, em um bar, ou em algum lugar nem tão romântico assim, duas pessoas se conhecem, se beijam e ali vivem o momento. Se apaixonam por uma noite, se entregam. São relacionamentos curtos, e não quer dizer que estão errados ou que não valem a pena.

Não é todo mundo que se permite viver esses amores, alguns preferem os amores de uma vida toda. E por que essas aventuras de uma noite não podem ser esse amor? Alguns deles são inesquecíveis. Você sente o coração rápido, as mãos suando. Sente no coração que aquele momento vai durar pra sempre na memória. É profundo e não é sério. Simplesmente acontece, somos feitos de emoções. Faz com que nos sintamos vivos. Você fez com que eu me sentisse viva nos breves encontros em que esteve aqui...

vive um amor comigo?

... Da forma mais romântica possível, tola e ingênua, como nos filmes. Daquele jeito que todas as músicas lembram a gente, mas vem me amar baixinho, apenas eu e você. Cansei de pessoas opinando sobre os relacionamentos ou perguntando se dará certo ou não, quem sabe somos nós. E, quando mostramos ao mundo, estamos sujeitos a olhares e dedos direcionados para a gente. Quero um amor leve, livre, que não sufoque, não prenda, não aperte, que me deixe com a sensação de pôr do sol. Cola teu peito no meu e vamos ficar com sorrisos bobos para as paredes. É tão bom ter alguém que combina tanto comigo, os sonhos deixam de ser individuais. Alguém que sorri contigo para o mundo. Vamos viajar? Ou vamos apenas ao mercado? E ao cinema? E aquela exposição de arte ou um show de uma banda? Segure minha mão e vamos para qualquer lugar, sermos felizes juntos...

mulher

Meu maior exemplo de mulher vem do meu maior exemplo: minha mãe. Mulher, negra, pobre, com dezoito anos parou toda a vida para me dar a vida. Lutou sozinha por nós, pela nossa casa, pelo seu casamento, pelo seu trabalho, pelo estudo, pelo próprio dinheiro. Foi dela que herdei o dom da escrita, porque, além de mulher e mãe, ela também é professora, a profissão mais nobre que conheço.

Ser mulher não é fácil, ser mulher é uma revolução, uma luta diária. É acordar cedo e, no caminho para esperar o transporte público, ter medo. É correr o risco de ser tocada, assediada no vagão do metrô ou do ônibus. É chegar no trabalho e ter que lidar com assédio do chefe que acha que manda. É ser diminuída pelos colegas homens, ser alvo de comentários pela maquiagem ou pela roupa. Ainda receber um salário menor ou nunca ser promovida. É voltar para casa com as chaves na mão durante o caminho inteiro, a passos rápidos, por medo de ser atacada e violentada. E, ainda, chegar em casa e ser mãe, cuidar da casa, cozinhar, e ter tempo para ser uma boa esposa.

Uma rotina básica de qualquer mulher. Nós tomamos todas as dores e problemas, dizem que amadurecemos cedo... Somos forçadas a amadurecer cedo. Somos ensinadas desde que nascemos a almejar o casamento, com um homem rico e que seja provedor da família, criar os filhos e cuidar da casa, como se esse fosse o único destino de uma mulher.

Ser mulher é lutar o dobro todos os dias, é não ter direitos sobre o próprio corpo, lutar para ter a sexualidade aceita, a cor aceita, o corpo e a beleza aceitos... Sofremos com padrões e regras. Mas, mulheres, se unam, lutem umas pelas outras e não umas contra as outras. Queimem o machismo. Eu sou todas as mulheres e, mãe, você me ensinou a ser a mulher forte que sou, e com certeza ensinarei a minha filha. Lutarei por todas as mulheres e por você, com você. Obrigada, mãe, por me ensinar o feminismo na vida. Não precisou de livros, pois a luta está no coração dela, e agora no meu.

eu me amo... mesmo?

Não foi um caminho fácil até aqui, durante toda a minha história sempre houve momentos em que eu me sentia mal, insegura. Muitas vezes me sentia incapaz e achava que não merecia tudo o que sonhava. Fui criada para ser bem forte, mas não consigo ser um castelo de ferro o tempo todo. Sempre me colocavam em situações em que tive que me provar e segurar as lágrimas. Como todos os adolescentes, também fui zoada na escola, e posso dizer a todos que me ridicularizaram que isso me ajudou a acreditar mais em mim e perceber que não me encaixar também é bom.

Foi sentindo que não me encaixava em lugar nenhum, que não pertencia a nenhum grupinho ou padrão, que me tornei quem sou hoje. Comecei a amar quem eu via no espelho e admirar cada vez mais a minha inteligência. É um exercício diário se amar e se aceitar, não significa que conseguirá fazer isso todo dia. Existirão momentos em que sentiremos um vazio. Sentir-se um lixo e perdido também faz parte da luta, e tudo bem.

O importante é ter forças para continuar, continuar acreditando em você e nos seus sonhos. É colocar aquela música que lembre momentos bons e dançar no quarto sozinho. É estar com amigos e família que te amam; estar com pessoas que te dão forças é um grande caminho para a felicidade. Por isso, não deixe de amar quem você é, mesmo naquele dia em que seu cabelo não esteja tão legal, que nenhuma roupa que você tem para vestir esteja do seu gosto ou mesmo que tenha falhado em alguma coisa e se sinta sozinho. Eu me perguntava se eu me amava quase todo dia, principalmente quando me sentia mal. Não duvide do seu amor por você mesmo. Se você se questionar "eu me amo mesmo?", a resposta deve ser: "sim, eu me amo mesmo".

recomeço...

É fim de setembro
Nosso fim.
Tempo de novos ciclos
Eu me encontrei nas palavras
O que tivemos me fez
Crescer e amadurecer
Você não pode dizer a mesma coisa.
Eu estava ao seu lado
Você não percebia
Eu aguentei,
segurei,
queimei tudo em nome de nós.
Te dei chances que não dei
nem para mim mesma.
Eu mudei para me encaixar
no seu mundo.
A sua insegurança e ego
estavam sempre em prioridade
E eu não tinha direito de falar nada.
Você perdeu a única coisa real que teve
Minha sinceridade é meu maior tesouro
Você não viu o x que marcava o lugar
Eu estava em um campo de guerra

Onde o fim já estava declarado.
Banalizou meu amor,
meu corpo, minha verdade,
meus sonhos, minhas palavras
Só via os meus erros
Que de nenhuma forma
eram como os seus.
Você chora e diz que vai mudar
Sou forte para ver que já vivi essa cena diversas vezes.
Você não pode simplesmente
achar que, qualquer coisa,
eu arrumo sua bagunça
De tanto perdoar, eu cansei
Parei de me importar
Não posso me curar ficando aqui
Porque mesmo depois de tanto me reinventar,
Não foi suficiente.
Deixei um aviso na porta
Dizendo que se não fosse diferente
Eu iria embora
Você, para variar, nem se importou
Não era amor
Era conforto.

Você tinha esse problema de atitude
Mas era só comigo
Espero que ela pare para você passar
E que faça teu mundo girar
Porque sem nem perceber
Eu fui para bem longe de mim
A minha liberdade te incomodou
Para continuar aqui
Eu tinha que ser minha versão do passado,
mas melhorada
E meu lugar não é mais aqui
Com você
E o nosso fim
é um novo capítulo para mim
eu te amo,
Mas eu me amo mais.

epílogo

Caro, leitor, este é o fim da nossa aventura, mas pode ser apenas o começo da sua jornada de se amar. Espero que este livro tenha te inspirado, e que você tenha vivenciado comigo todos os altos e baixos que tive. Todas as pessoas que conheci e desconheci. Não foi um caminho fácil até aqui, muitas vezes duvidei de mim e até mesmo da existência do amor.

Fui me fortalecendo aos poucos. Eu só precisei viver, sem medo do que poderia acontecer; me entregava. A lição que deixo aqui é: nunca deixe de acreditar, não se feche para o mundo. Às vezes o amor machuca muito, mas cada experiência é única e se você se fechar para o mundo, como vai viver?

É com o tempo que vamos aprendendo com a vida e amadurecendo. Aprendemos a saber a hora de ficar, mas também a hora de se retirar. Não me arrependo de nenhuma das minhas escolhas, pois elas me trouxeram até aqui e me permitiram ser quem eu sou hoje. Então, caro leitor, se ame e acredite em si mesmo. Não vai ser fácil sempre, porém, é o melhor caminho. Espero ter te ajudado de alguma forma e, quem sabe, nos encontremos de novo em outras páginas.

A maior lição que aprendi até aqui
é que nada é mais importante do que
amar a si mesmo.

fontes
merriweather
futura